Centro Creazione Teatrale

Alba Avorio

Narrativa

AF450258

Giacomo Gamba

Red Flyer

Centro Creazione Teatrale

Red Flyer
Giacomo Gamba

Alba Avorio
Narrativa

Copertina a cura di Giacomo Gamba

Proprietà letteraria riservata.
© 1996 Giacomo Gamba

Tutti i diritti riservati
Nuova edizione © 2015 Centro di Creazione Teatrale
Brescia - Italia - www.giacomogamba.it

I diritti di riproduzione e traduzione sono riservati. Nessuna parte di questo libro può essere utilizzata, riprodotta o diffusa con un mezzo qualsiasi senza autorizzazione scritta dell'autore.

ISBN 978-88-98446-25-4

Qui RED FLYER. Motore!

Red Flyer

"Dimmi un po' quante vite hai ancora?" chiese la vecchia raggrinzita con la voce che saliva dall'oblio. "Non ti basta vedermi così malridotta e stanca? Quand'è che ti deciderai a seguirmi senza opporre resistenza?"

Il temerario RED FLYER non ascoltò nemmeno una parola di quell'orribile mucchio di ossa scorticate. Si stava preparando a un nuovo volo.

Indossò la tuta rosso fuoco e il casco bianco con le aquile nere delle squadre dei liberatori. Una piccola rincorsa, un salto deciso oltre la scaletta e in un lampo fu all'interno del potente S124 a reazione.

"Qui RED FLYER. Motore!"

L'uccello di metallo si alzò nel cielo di sangue, blu come quello che scorreva nelle vene del pilota. Salì in verticale senza nemmeno sibilare, silenzioso.

La vecchia lanciò il suo sguardo bieco verso la volta celeste. Osservava sconsolata quel volo lontano: un puntino sperduto, oltre la sua immaginazione.

"Maledetto. Sei un maledetto RED FLYER." I suoi occhi s'ingiallirono. Piansero lacrime acide che le corrosero parte della pelle rinsecchita. Bruciarono gli zigomi e le guance, poi caddero a terra velenose.

"Qui torre di controllo. S124 al rientro. Missione compiuta." Quando il pilota tolse il casco le aquile si accovacciarono sotto la sua ala. Avanzò con la tuta fiammante. Camminava piano sulla pista. Quando fu nei pressi della vecchia la guardò per la prima volta e non la vide bella. Quell'altra lo osservò con la speranza di farlo suo per sempre.

Il viso del pilota era ringiovanito di almeno vent'an-ni. Luminoso.

La vecchia decise di sedersi ancora ad aspettare: "Sei un maledetto. Quante vite hai ancora RED FLYER?"

Il punto zero

"Cosa c'è, ti sei imbambolato? Non avrai visto un fantasma?" chiese mia madre con la consueta preoccupazione.

Me ne stavo in piedi davanti all'ingresso della sala con lo sguardo atterrito e un'espressione ebete.

Quella povera donna mi era già passata davanti più volte, prima con i fiori da mettere nel vaso posizionato vicino alla finestra che dava sul cortile, poi con la pentola speciale per la torta di mele e dopo ancora con uno strano macchinario rumoroso camuffato da aspirapolvere. Oramai c'era abituata. Mi aveva visto spesso in stato di ipnosi apparente, trasformato in un soprammobile oppure facente parte dell'arredamento di casa.

Io avrei potuto benissimo essere un armadio oppure una vetrinetta angolare antica, silenziosa, ma attenta. In realtà lo ero stato più volte ed anche allora sbattevo i miei delicati sportellini di vetro nella speranza che qualcuno potesse sentirmi. Le mie tre gambe di legno pregiato fisse e immobili erano seviziate dai tarli che mi stavano consumando lentamente.

Pochi mesi prima mi avevano ricoperto di una vernice turapori, che mi si era impregnata negli spazi vitali impedendomi la traspirazione e uno strato di oro zecchino pretrattato che mi rendeva ridicolo agli occhi di tutti. Come se non bastasse sui miei graziosi ripiani interni, ricoperti di vellutino color amaranto, prendevano posto i peggiori soprammobili. Per lo più si trattava di bomboniere disgustose provenienti in maggior parte dai matrimoni cui partecipavano, in continuazione, i vari componenti della famiglia.

Allineati come soldatini di piombo c'erano: un vasetto di porcellana rosa a forma di teca dipinto a mano, un bicchiere di cristallo con inserti blu elettrico, una scatolina d'argento rivestita di cuoio stampato, un piattino di giada con orribili disegni incomprensibili, un cofanetto di ceramica ricoperto lateralmente da un drappo di fustagno verde scuro e una serie infinita di piccole cianfrusaglie di nessun valore.

Non li sopportavo. Se ne stavano presuntuosamente immobili dentro di me senza che io potessi liberarmene, respiravano la mia aria, occupando abusivamente il mio spazio. Li odiavo con tutta la lignea forza che mi era rimasta.

Sfortunatamente lo sdegno che provavo nei loro confronti per quella vita insulsa, limitata al solo sfrontato apparire, non contribuiva, purtroppo, alla fine di quel mettersi in mostra.

Capitava con frequenza sempre maggiore che gli ospiti indesiderati aumentassero di numero, segno che gli uomini continuavano imperterriti a celebrare avvenimenti, unioni, ricorrenze, felicitazioni.

Da ultimo era arrivato proprio in quei giorni un pezzo un po' particolare, diverso dagli altri per stile e cultura. Si trattava di una statuetta di bronzo, curata nei minimi particolari, raffigurante una fiera occupata a farsi gioco di un uomo sdraiato ai suoi piedi che implorava pietà.

Scambiammo subito quattro chiacchiere e per la prima volta provai un interesse per uno di quei ninnoli impersonali. Mi parlò di sé con fervore rammentando i giorni in cui era stato solo un lingotto di metallo non ferroso, ammassato insieme ad altri della sua stessa specie destinati a impersonare nuovi personaggi. La cosa singolare stava nel fatto che esso richiudeva nelle sue molecole origini varie. Ancor prima di essere una cosa sola era stato sparso qua e là in rottami di diverso tipo, accomunati in un unico carico e provenienti dagli scarti della civiltà. Ogni piccolo rottame portava con sé una storia poiché era ciò che restava di un oggetto creato per uno scopo ben preciso da altri rottami, utilizzato fino alla morte o solamente fino a che la moda lo aveva concesso, per poi essere drasticamente gettato nella spazzatura senza onore né gloria.

Così quello scuro miscuglio era l'insieme di storie disperate cui aveva partecipato o solo assistito silenzioso, obbediente. Decine e decine di prodotti dell'umanità ammassati in un'accozzaglia informe, culturalmente stratificata, in grado comunque di sopravvivere riproducendo, per una volta ancora, una nuova proposta metallica di passaggio, la quale sarebbe servita più avanti per dar vita a successive ispirazioni creative in grado di viaggiare nella storia.

"Affascinante" pensai. Io al massimo ero destinato ad ardere in qualche camino, sempre che fossi stato di legna buona. La mia vita sarebbe stata più lunga nel senso che per un periodo di tempo più vasto sarei stato una cosa sola, ma una volta finito il ciclo sarei scomparso per sempre in un velo di fumo perso nel vento. Disgustoso il pensiero che da un momento all'altro qualcuno avrebbe potuto sbarazzarsi di me spezzando le mie vecchie fibre di cellulosa con facilità estrema, con la sola forza delle mani, senza nemmeno aiutarsi con qualche attrezzo terrificante, come avevo visto fare per l'armadio che mi era stato di fronte per anni.

L'avevano massacrato, sventrato a colpi di martello e sega circolare. Nelle notti di incubo potevo ancora sentire il sibilo della lama dentata avanzare minacciosamente, assetata di membrana cellulare. Mi inseguiva roteante spostando l'aria circostante e creando un risucchio che tentava di bloccare la mia fuga disperata. La depressione creata dal vortice mi tirava per le gambe in un dirupare improvviso. Guardavo verso il basso cogliendo un punto nero lontano che mi aspettava e avrebbe segnato la fine, il trituramento selvaggio delle molecole di glucosio condensate ridotte a inerme segatura.

Trasalii. La statuetta sorrideva osservandomi. Dimostrava una certa attenzione ai miei pensieri. Non ero certo che capisse, ma mi sembrava di intuire una particolare partecipazione. Sorrisi anch'io, un po' forzatamente, nel tentativo di dimostrare simpatia. Fu amicizia e rispetto. C'intrattenemmo a lungo in dialoghi interessanti e racconti sconclusionati alla fine dei quali ridevamo di gusto ringiovaniti. Fui affascinato dalle sue esperienze.

Non capitava spesso di sentirsi raccontare da chi l'aveva vissuta più volte l'esperienza della fusione.

"Sai è un avvenimento eccezionale" mi disse con soddisfazione.

Non ero costituito dalla sua stessa materia cosicché la consideravo da evitare finché fosse stato possibile. Dal canto suo la statuetta si limitava a raccontarmela con molta delicatezza senza cercare di impressionarmi. Doveva essere molto sensibile vista la cura con cui ricercava le parole meno spigolose.

"Vedi, la prima volta quando ti ritrovi nel forno insieme ad altri compagni di viaggio loro ti rassicurano sorridendo e scherzando fino all'ultimo. Poi a un certo momento il forno si chiude e comincia a girare lentamente quasi cullandoti. Pochi secondi e il buio in cui sei ninnato viene rischiarato all'improvviso da una luce intensa, azzurra nel mezzo, quasi bianca, con un grande alone arancione e lingue di fuoco rosse sfuggenti. Accompagna tutto il viaggio un rumore misto, costituito da quello degli organi meccanici che permettono il movimento e dal soffio leggero della fiamma avvolgente che sfiora il metallo e le pareti del forno. Piano piano, si coglie un clima diverso come se l'umidità sparisse progressivamente. Il successivo innalzamento della temperatura ti coccola ulteriormente rischiarando l'anima e favorendo la comunione tra i vari componenti della carica. A un certo punto i mattoni refrattari di cui è costituito il muro circolare cambiano colore passando, gradualmente, da un marrone scuro a un arancione vivissimo. È proprio allora che accade l'incredibile, il cosiddetto passaggio di stato, la trasformazione. Lo stesso calore di cui riardono le pareti invade le tue molecole in un rinforzarsi di trasmissione termica che produce uno scollamento tra gli arti. Quest'ultimo si trasforma poi in una micro-separazione tra ogni piccola particella. Infine si compie una stupefacente liquefazione che ammorbidisce le forme riducendole in un bagno rosso fiammante altamente coinvolgente. È come se si compisse la fusione fantastica dell'universo, in un confondersi di cuore e anima, in un moltiplicarsi di corpi fusi l'uno nell'altro, irriconoscibili".

Mi sembrava di sentire parlare di un amplesso stratosferico, del più intimo scambio di materia che potesse avvenire tramite l'abbattimento delle rigidità e la scoperta della variazione fisica come incontro tra i po-poli.

"Splendido" pensai. I miei pori erano tutti eccitati, riscaldati da quel racconto che avrebbe potuto sembrare inverosimile, ma io ci credevo o quanto meno volevo crederci. Mi fidavo di quell'animale selvaggio dall'aspetto spaventoso con il cuore mite e il carattere generoso.

Decisi che saremmo stati amici a lungo e che avrei voluto ospitarlo degnamente. Quel pezzo di bronzo sincero era figlio del pianeta come me, suddito dell'uomo, ma esempio di resistenza alla volontà di sopravvento e di distruzione, al maligno disegno dei rozzi animali pensanti che ci circondavano.

Quando mia madre attaccò il tritatutto in cucina feci un sussulto.

Di colpo avvenne la metamorfosi tramite una dissolvenza che, per un attimo, passava attraverso il *punto zero*. Io lo consideravo il momento dell'eliminazione totale, quello durante il quale non esisteva più la materia e lo stesso spirito smarrito si trovata in bilico tra due esistenze completamente differenti in grado di annullarlo come forze uguali e contrarie. L'intensità delle medesime era altissima, probabilmente incontrollabile se non fosse stato per il loro senso opposto che impediva, nonostante la medesima direzione, il possibile stravolgimento, temevo che potesse accadere una volta o l'altra la temuta somma vettoriale. Essa avrebbe significato l'irreparabile; la presenza contemporanea di due energie extrasensoriali in grado di azzannarsi l'un l'altra per il predominio della sfera paranormale.

L'addizione mistica del fluido occulto, miscellanea misteriosa di tramandate esperienze spirituali avrebbe significato l'eliminazione totale, il non riconoscersi nell'originario insieme elettronico di microcomposti aerospaziali con la conseguente perdita della forma fisica e la successiva distruzione dell'aggregato molecolare.

Non mi sentivo ancora in grado di provare questa esperienza, non ero certo che fosse diversa da quella che abitualmente chiamavano morte, cosicché fu un sospiro di sollievo vivere il *punto zero* come lo avevo sempre conosciuto. Una lenta trasformazione che commutava le fibre lignee in cellule umane fino al pieno raggiungimento di una forma definita che, fortunatamente, corrispondeva sempre alla precedente.

In pochi secondi uno dei due segmenti orientati spariva nel nulla restituendo all'altro ente geometrico la pienezza del suo valore, conservando quale unica eredità la promessa di un ritorno.

Fui di nuovo me stesso con tutti i circuiti sanguigni funzionanti e gran parte dei contatti cerebrali efficienti. Tirai un respiro di soddisfazione. Mi compiacevo per come sapevo rischiare la vita all'insaputa degli altri. Mi lanciavo in esperimenti ultraterreni senza abbandonare mai la voglia di tornare per verificare i cambiamenti; per assicurarmi di essere ancora tutto d'un pezzo. Questa ricerca estrema mi appariva sempre più affascinante donandomi una capacità di evasione e di immedesimazione al di fuori del comune. Mi concedeva l'approfondimento e la sperimentazione di soluzioni sempre più spinte verso l'innovazione e l'efficacia dei risultati. Ogni volta, infatti, approdando a queste estrose divagazioni spazio-tempo, cercavo di percorrere nuovi rapporti con me stesso e con le presenze con cui condividevo le esperienze, nella speranza di allargare il campo a possibili considerazioni e punti di riferimento.

Mia madre continuò a rivolgermi il suo sguardo preoccupato, ignara del fatto che avrei continuato a sperimentare negli anni, cercando di dare spazio in me a mutamenti in grado di attuare una riforma.

Pachidermi, gazzelle e petrolio

Riprendemmo il cammino solo quando tutti si furono alzati, rinvigoriti dal sonno profondo.

Come tutte le mattine si ripeteva la comunione silenziosa dei nostri sguardi che si scrutavano interrogativi nella speranza di cogliere uno sprone che ci permettesse di continuare. Così, senza nemmeno sospirare, le nostre membra disorientate si producevano in nuove locomozioni e dopo aver raccolto i resti delle nostre speranze si avviavano, con coraggio, verso il centro del deserto.

Qualcuno dei miei compagni di viaggio cominciava anche a dare qualche segno di estrema sofferenza.

Un uomo basso e panciuto, che si era unito a noi senza che nemmeno lo conoscessimo, non faceva altro che parlare da solo, come per convincersi di potercela fare, nonostante fosse terribilmente depresso. I suoi occhi, scavati, erano contornati ormai da un cerchio di un viola pesante, mentre il fisico deperiva di ora in ora svuotandosi delle abbondanti riserve di grasso. Per il momento, nonostante avesse perso almeno venti chili, poteva sembrare ancora una botte tant'era sovrappeso. Il suo profilo ingombrava almeno tre volte quello di una persona normale e il suo passo era pesante come quello di un pachiderma esausto. Sotto le suole dei suoi sandali rombava il terreno e s'alzava la polvere in uno sfiatare di nuvolette pressate che sfuggivano alla condanna d'essere spiaccicate.

Due passi, un borbottio esasperante e una pausa di qualche secondo per tirare il fiato. Sudava come un insaccato conservato in un luogo troppo caldo, scaricando gocce traspiranti con la stessa irruenza di una cascata. Si lasciava alle spalle una scia maleodorante insieme a vere e proprie pozzanghere di sali minerali che evaporavano istantaneamente al contatto con la sabbia e con l'aria violenta.

Quella massa di lardo informe gravitava regolarmente in fondo al gruppo senza mai riuscire a tenere agevolmente l'andatura. Subiva distacchi che, a fine giornata, si sommavano pesantemente. Capitava di aspettarlo a lungo, anche più di venti minuti. Lo vedevamo avanzare in un progredire molle, in testa al vecchio orizzonte. Un infinitesimo puntino che ciondolava, trascinandosi l'ombra lunga distesa sulle impronte della carovana umana. Quando ci raggiungeva il bivacco era già stato allestito e, nel solito cerchio riservato ai sacchi da notte, il suo posto libero lo attendeva spaccando di netto la regolarità di quella disposizione ormai rituale. Come sempre si sedeva quasi istantaneamente con elefantiaca disinvoltura. Accennava un sorriso confuso salutando con grande soddisfazione il raggiungimento della nuova meta. La sua capacità di soffrire era ammirevole; si ritrovava in una situazione poco felice che lo rendeva ingombrante, quasi di troppo, eppure insisteva indomito e non certo per la paura di doversi dichiarare sconfitto. Dentro di lui viveva più forte che mai il desiderio di concretizzare il suo sogno, così non poteva che sentirsi leggero ed agile come una piuma.

Decollava, infatti, la sua fantasia. Lo assimilava a un corridore delle savane sconfinate. Il garretto sodo e il ventre piatto. Con lo sguardo diritto e la nuca tirata verso l'alto si lanciava in allunghi armoniosi caratterizzati da falcate incisive che si macinavano fette di terreno come fossero bruscoli di pane. La pelle bruna luccicava e i muscoli tirati disegnavano scavi e rigonfiature nervose sature di energia dinamica. I piedi nudi e snelli colpivano leggeri il suolo quasi sfiorandolo. Disegnavano appena un piccolo segno che lasciava pensare al passaggio di un animale, magari di una giovane gazzella.

Il gigante adiposo quasi volava, lanciando quintali di lipidi al vento. Si trasformava in un aquilone lieve che sfruttava abilmente le correnti. Riproduceva figure evasive per poi posarsi dolcemente sui prati verdeggianti e sulle colline rigogliose.

C'era stata una sola occasione nella quale condividemmo il cammino. Fu qualche giorno addietro in una splendida giornata in cui il sole radioso ingiallì completamente il cielo, durante uno dei nostri monotoni trasferimenti. Lui se ne stava alla fine della colonna come sempre balbettando rumorosamente. Riducendo l'andatura fino quali all'immobilità gli fui in breve accanto. Nonostante fosse goffo, forse oltre ogni immaginazione, conservava una sua dignità nel movimento che gli dava un'aria distinta, per quanto potesse esserlo nel bel mezzo del deserto. Tutta quella carne che ripiegava più volte su se stessa si era macchiata vistosamente. Palesava un rossore pruriginoso che, insieme a tutta la sabbiolina annidata tra i

rotoli polposi, non doveva essere del tutto sopporta-
bile.

Quando fummo affiancati per un po' procedemmo
senza considerarci, come se non esistessimo l'uno
per l'altro, poi con il crescere dell'ascolto reciproco
riuscimmo a trovare lo stesso ritmo. Camminavamo
con il medesimo passo senza compiere il minimo
sforzo per rallentare o per accelerare. In breve quella
che inizialmente poteva dirsi solo un accenno di comunione di movimenti divenne un'armonia vera e
propria. Accompagnati da una melodia impercettibi-
le, si ripetevano uniformi, in perfetta sequenza, in-
siemi di spostamenti che ci consentivano di avanzare
paralleli come due binari, lasciandoci alle spalle una
specie di solco gemellare che si perdeva nel passato
immobile di sabbia.

Buttai uno sguardo indietro, le nostre ombre erano
nulle. Stavano sotto di noi ridotte a una chiazza gri-
giastra che si riusciva a distinguere solo nello spazio
compreso tra le nostre gambe, in prossimità dei piedi, che stravolgevano la sobrietà del manto lineare
del suolo.

Quello che vedevo alle mie spalle si specchiava
poi davanti a me con le stesse sfumature. Il deserto
ormai ci apparteneva con tutto il suo sviluppo adi-
mensionale. Ci era penetrato in tutte le cavità assor-
bendosi i nostri umori.

Finalmente, quando il nostro procedere fu indi-
pendente, spostai lo sguardo dall'orizzonte per posar-
lo con serenità negli occhi di quell'ammasso di grasso che viaggiava agilmente, senza più brontolare; il

respiro leggero, sconosciuta la fatica. Tentò di guardarmi anche lui. Infatti spostò gli occhi lateralmente, con circospezione, senza muovere nemmeno un muscolo, sempre che lo avesse avuto, cosicché il grumo di carne molliccia che gli ricopriva il collo continuò a penzolare allegramente all'ingiù, mischiandosi con i risvolti del gozzo gonfio di cellule come una mongolfiera. Ci trattenemmo nell'osservazione delle nostre pupille a lungo, come se fosse stato indispensabile scambiarci le immagini che avevamo accumulato negli anni, in modo da poterle condividere velocemente per tentare di conoscerci.

In realtà, di tutto quel passaggio rapido di icone confuse non mi rimasero che alcuni lampi ben visibili, nei quali potevo distinguere il mio nuovo amico in una veste distinta.

Vestito di tutto punto se ne stava immobile dietro una scrivania, perso nella consultazione di libri polverosi e pesanti oppure in piedi davanti alla finestra di una stanza disadorna. Divorava tutta la luce e rigettava una chiazza nerastra che si spiaccicava per tutta l'ampiezza del locale.

Doveva essere uno studioso o forse un avvocato, magari un dottore, uno di quelli che analizzavano il prossimo nella speranza di ritrovare se stessi. Se invece fosse stato uno scienziato, un inventore? Capii che non era importante. La cosa che contava era che fosse lì in quel momento, insieme a me e a tutti gli altri per scoprire una nuova strada.

Abbassai gli occhi ed era tardi, faceva già buio.

Quella sera arrivammo al bivacco come se fossimo

una cosa sola, con appena cinque minuti di ritardo dal gruppo, con gli animi riscaldati e le membra sollevate. Accompagnati da un rinnovato filo di speranza, mangiammo con voracità la mollica del nostro pane conservando la crosta per la mattina.

La notte fu cosa quasi immediata. Si precipitò sul deserto come una secchiata di petrolio nero, scivolando copiosa fin nelle crepe del sottosuolo argilloso e negli alveoli fuggiaschi del cuore della terra.

L'accampamento riposava silenzioso, sfiorato dalla massiccia energia sprigionata dall'attività notturna della nostra immaginazione che liberava i sogni in un fluidificare ombroso e denso. Ogni tanto riecheggiava lontano il rumore dei nostri passi, opaco, cupo, mentre lentamente la memoria delle tenebre si assopiva per risvegliare il nuovo giorno.

Il fabbro e la farfalla

"Se non ti avessi visto volare non crederei affatto alla possibilità che tu lo possa fare" bofonchiò il fabbro mentre batteva i ferri di un cavallo bianco. "Non ho visto mai nessuno staccarsi da terra a quel modo. Per tutta la vita ho ferrato cavalli e i cavalli non volano. So per certo che gli uomini possono volare alle volte, ma in verità io non ne ho mai visto uno farlo per davvero. Quelli non sono come te; volano su alcune macchine che chiamano aerei, loro."

Proprio in quel momento un boato rimbombò all'interno della piccola officina del fabbro, facendo tremare tutti i vetri.

Posato il martello con i chiodi egli si recò alla finestra, ma il potente biplano era già uscito dalla sua inquadratura.

"Questo era uno di loro, ma non ho fatto in tempo a vederlo. Purtroppo non ho più i riflessi di una volta. Se fossi più giovane ti chiederei di insegnarmi a volare, ma è troppo tardi ormai."

Di colpo un nuovo boato devastò il silenzio e fu, di molto, più forte del precedente.

Tremarono nuovamente i vetri.

Il cavallo bianco s'imbizzarrì spaventando il fabbro, mentre la bruna farfalla si alzò in volo, leggera, proprio sotto i suoi occhi. Un battito di ali e fu sopra di lui. Procedeva soave.

Il fabbro stropicciò gli occhi e la vide.

"Se non ti avessi visto volare non crederei affatto

alla possibilità che tu lo possa fare" pensò tra sé "per me è troppo tardi ormai."

Il cavallo bianco lo colpì duramente in pieno viso e lui fu perduto per sempre sul selciato.

Il calcare della memoria

Mi ritrovai per strada indipendentemente dalla mia volontà. Ero stato trascinato fuori da una forza latente che si univa al mio corpo tramite un legame magnetico. La sentivo agganciarsi a me e poi tirare. Dal canto mio non sapevo resistere all'attrazione e il movimento, successivamente, nasceva spontaneo senza che fossero necessari i soliti comandi. In un primo momento si verificava la perdita del contatto con la realtà. La nuova dimensione si distingueva dalla precedente perché non aveva alcun peso. Era rappresentata, per lo più, da un'estraniazione dal proprio corpo che si traduceva in una specie di assolutismo dell'immaginazione che era in grado di trasportarmi negli anni con estrema facilità, coinvolgendomi anche con un'emozione viva che m'informicolava l'intestino.

La trasformazione era repentina, involontaria e solo in un secondo tempo, nel momento in cui subentrava la coscienza dell'avvenimento, richiedeva l'accettazione oppure il rifiuto della medesima. La scelta dipendeva esclusivamente dalla situazione contingente che, alle volte, con grande rammarico, imponeva il rifiuto.

Il fatto era che quell'abbandonarsi, lasciandosi travolgere dal dolce e malinconico dondolio, mi piaceva molto. Mi faceva sentire libero, messo completamente a nudo, in grado di distillare alcune verità che si nascondevano nella corteccia del mio mondo. La mia anima, infatti, si tuffava nell'acqua limpida compiendo straordinarie evoluzioni. Ignorava le leggi della natura respirando a fondo sott'acqua. Apriva alla purificazione, rilasciando i dubbi irrisolti e le confusioni.

Accoglievo quei momenti come un dono e quando tardavano ad arrivare speravo ardentemente che giungessero ancora a liberarmi dalle cose impossibili. Avevo temuto, a volte, la loro fine e invece mi avevano salvato ancora schiarendo la strada, colorando di giallo il buio.

Così, ricoperto di colore, spurgato da tutte le incrostazioni, avrei potuto tornare a volare più in alto.

Quel giorno mi ritrovavo a percorrere un susseguirsi frenetico di immagini ed informazioni.

C'era qualcosa di strano che aveva intaccato i miei condotti, un calcare velenoso insediatosi pericolosamente nei pertugi. Si confondeva come un camaleonte nascondendosi nelle pieghe della mia vita. Inquinava le correnti fluide. Impediva il passaggio totale dei liquidi espressivi e mi costringeva a una sorveglianza continua dei livelli di guardia dell'equilibrio mentale, minacciato dai bagliori accecanti della memoria.

Eccolo, lo identificai proprio in quel momento. Un grumo grigiastro misto a una poltiglia granulosa. Si stava espandendo a macchia d'olio emanando un odore spiacevole di marcio. Lo vidi chiaramente per la prima volta. Fino ad allora ne avevo solo sentito il peso, distribuito all'altezza dello stomaco. Insieme a quell'op-pressione organica si originava anche una sorta d'intreccio nervoso che mi colpiva la gola, mentre la mascella stringeva a più non posso provocandomi un forte dolore ai denti e alle gengive. Talvolta mi sanguinavano violentemente diffondendo un sapore amaro, causato dal rivolo caldo che sgorgava, pulsando copioso, tra la lingua e il palato. La chiazza, rosso vivo, scompariva poi lungo l'esofago, deglutita forzatamente insieme a un agglomerato di saliva che rivestiva, precipitoso, le pareti interne del collettore di scarico delle sostanze linfatiche.

Tra le decine di figure confuse che mi attraversavano tempestose la mente alcune emanavano esattamente lo stesso odore dell' inclusione indesiderata. Le ricollegai immediatamente proprio a quest'ultima e osservandole meglio notai come anche i colori fossero impazziti, miscelati allo stesso grigio saturo di negatività. Tentai di rallentarle per poterle meglio identificare. Utilizzavo l'apparato dedicato alla riproduzione di quel mondo concepito dalla fantasia come un proiettore fotografico. All'interno della scatola cranica, infatti, era stato allestito un impianto degno della migliore tecnologia, in grado addirittura di confondere l'immaginazione con la realtà.

Una dopo l'altra si proponevano come i quadri di una mostra dello stesso autore. Inconfondibili, cupi e oppressivi. Pesavano come dei macigni racchiusi in una cornice che si muoveva come se fosse viva. Misi a fuoco calibrando, con precisione, l'occhio meccanico e posizionandolo proprio sull' inquadratura sospetta.

Decine di serpenti scivolavano l'uno sull'altro.

Originavano un intreccio viscido che si riproponeva meticoloso, con continuità, come se i rettili non finissero mai. Con gli occhi vitrei e la linguetta appena accennata che si ritraeva furtiva, sibilavano incessantemente frusciando sospettosi.

Inorridii. Provavo disgusto per quell'orrore che nasceva dentro di me senza ch'io l'avessi voluto davvero. Per quale motivo dopo anni di lotta generosa contro le forze misteriose che m'avrebbero voluto in balia della follia, movimentato dalle agitazioni nervose, non ero ancora riuscito a liberarmi completamente da quella massa fangosa che mi occludeva impedendomi di respirare tutta l'aria di cui avevo bisogno.

Corrugai la fronte con un movimento brusco. Arricciai il naso in una smorfia di disappunto. Non avevo la risposta. Contavo sul fatto che un bel giorno anche i serpenti sarebbero scomparsi insieme alle immagini oscure.

Mi girai di scatto su me stesso, attraversato da una tensione fulminea. La differenza di potenziale mi rivoltò le cervella come una tela di sacco.

Erano lì davanti ai miei occhi. Strisciavano venefici e rabbiosi lungo i capelli ramati di una donna misteriosa, attorcigliandosi con avidità per poi cadere ai suoi piedi, saettando perduti.

Per un attimo fui inghiottito da quegli occhi di giada e, con il sangue che si era fermato, mi raggelai senza più nessun ardore.

Lo spirito della notte

L'uomo con la pelle cotta dal sole scese dalla grande montagna accompagnato dalla paurosa picchiata del falco. Piazzava i piedi con sicurezza sul dorso della valle e coraggioso sfidava l'abisso.

D'improvviso difronte a lui comparve spigoloso lo stambecco bianco. Poi fu la volta del giovane daino, infine, ai piedi del picco, si presentò spavaldo lo stallone nero con il pelo lucente e il crine al vento. L'uomo se li lasciò alle spalle insieme alla grande montagna mentre nella pianura sopravveniva la notte. Continuò a camminare rubando gli occhi al gatto selvatico e ascoltando la voce della prateria in compagnia dei pipistrelli.

All'imbocco del fiume udì chiara la voce delle tenebre.

" Eccoti dunque sei giunto finalmente alla mia soglia."

L'uomo gridò e il suo urlo salì alto; lacerò l'oscurità seguito dagli ululati dei lupi, spaccò la volta celeste come un colpo d'ascia e precipitò solitario disperdendosi come una stella cadente. Fu allora che apparve in tutta la sua magnificenza, come un grande fratello, lo spirito della notte.

L'uomo alzò le braccia al cielo.

Un vento caldo gli scompigliò i capelli mentre un odore solido di cenere sparsa nell'atmosfera gli invase sacrilega i polmoni.

"Ti ho aspettato" disse egli. "A lungo ti ho aspettato sul picco con il ghiaccio nelle vene, ma non giungesti. Poi ti ho cercato e ti trovo quaggiù finalmente, nelle distese sconfinate, tra le acque dell'acerbo fiume."

Lo spirito della notte lo avvolse in un abbraccio di padre. Il fuoco divampò fulmineo, ma il calore salì lento.

"Vieni con me dunque, ti porto oltre i confini del tuo corpo, al di là delle tue prigioni. Tu mi hai cercato ed io sarò tuo."

L'uomo allora si lasciò cadere sull'erba umida e il suo corpo sprofondò assorbito dal terriccio gelido.

Il soffio dello spirito della notte spazzò tutte le cose e l'essenza dell'uomo si diffuse silenziosa nelle grinze della nuova alba.

Amore e morte

Me la trovai di fronte all'improvviso, un giorno che stavo camminando per luoghi conosciuti in cerca di risposte che non trovavo, per soddisfare domande che non sapevo.

La stradina costeggiava un campo d'ulivi e si snodava sulla collina aprendo, ogni tanto, a piccoli spiazzi sterrati dai quali era possibile osservare il paesaggio più in basso.

Ero tornato lassù a sentire il profumo del lago.

La macchia d'acqua se ne stava sempre là sotto spazzata da una brezza che accarezzava dolcemente il pelo libero increspando la superficie vivace.

Ogni tanto compariva, sbucando improvvisamente dall'isola verde che galleggiava proprio nel mezzo della riserva naturale, una barca a vela sospinta lentamente dalle vele gonfie che spruzzavano di colori brillanti l'azzurro.

Gli scafi lasciavano delle scie lineari che si conservavano a lungo, a volte anche dopo che era scomparsa l'imbarcazione. Evidenziavano la traiettoria, sottolineavano il passaggio per chi si affacciava in quel momento alla finestra.

Quello in cui mi trovavo era lo spiazzo più interessante. C'ero giunto a piedi, dopo aver camminato per circa un chilometro dal posto in cui avevo lasciato l'automobile.

Provenendo dalla città, non vedevo l'ora di prendere contatto con quella superficie, scollandomi dalla separazione cui mi obbligavano le quattro gomme del mezzo meccanico.

Quando misi piede a terra e potei finalmente respirare l'aria dolciastra di quel piccolo paradiso fu come tuffarsi improvvisamente indietro negli anni.

Fu immediato, infatti, l'assorbimento di sensazioni lontane che erano stivate disordinatamente dentro me, ma mai dimenticate. Quelle stesse sensazioni che mi avevano fatto volare al di sopra dello spazio e oltre le porte dell'umana comprensione, in mondi sconosciuti caratterizzati da fantastiche fluttuazioni e passaggi improvvisi tra branchi di detriti multiformi e fluidi melmosi.

L'area sterrata da cui si vedevano anche le cose invisibili, aveva una forma vagamente circolare e si affacciava su un dirupo verdeggiante alla fine del quale ricompariva d'incanto la strada. Al di là di quest'ultima sorgeva un piccolo santuario suddiviso in due parti distinte adibite rispettivamente a convento ed a residenza estiva per i turisti.

Dal mio punto d'osservazione si distinguevano piuttosto agilmente per la differente veste esterna, pur essendo parte di un'unica costruzione massiccia.

Il convento era molto sobrio, nudo, con finestre socchiuse da ante di legno mentre l'albergo era stato munito di vetrate a specchio che si inserivano felicemente nella struttura, riflettendo il verde delle colline circostanti e le forme ossute delle vigne rigogliose. All'interno si scorgeva un giardino selvatico, volutamente disordinato, nel quale risultava miniaturizzata tutta la bellezza di una natura incontaminata.

Erano stati piazzati qua e là solamente alcuni resti di antiche colonne e blocchi di marmo scolpito, abbandonati nel verde e assopiti tra i rovi.

Quel luogo mi appartenne per un tempo limitato quando, nel periodo successivo allo svolgimento del servizio militare, lo attraversai come un fulmine in qualità di giovane promessa della futura classe manageriale.

La scuola durò nove mesi e furono giorni lieti, durante i quali la neonata classe dirigente godeva immensamente la giovane età e riscopriva lo spirito d'aggregazione tra ragazzi ricchi di energia e ancora incoscienti nei confronti di un futuro incerto, solo immaginato.

Quel giorno, lassù in cima alla collina, minuscolo, disperso tra gli ulivi, riassaporavo il gusto di quei momenti andati, quasi cancellati con forza negli anni a venire per nascondere la malinconia.

Mentre stava per calare il sole stanco, anche i miei occhi cominciavano a imbrunire. Sorpreso da una frescura repentina decisi di rientrare, sazio di ricordi, vecchio di almeno dieci anni.

Tirai un sospiro piatto che avrebbe dovuto chiudere il collegamento con la polvere e girate le spalle alla cartolina patinata apposi definitivamente il bollo alla memoria spedendola in fondo al sacco della corrispondenza perduta.

Con lo sguardo deserto e il respiro lieve allungai il passo verso un rinnovato cammino.

Attraversai la banchina con un ritmo da uomo cresciuto, leggermente rilassato, svoltai a sinistra e fu come voltare verso l'incredibile. Se ne stava lì davanti a me, fissa, di marmo.

Mi bloccai all'improvviso, derubato del movimento. Defraudato della serenità forzata di cui mi ero imbottito.

Eravamo ormai a un metro di distanza, separati da una barriera di onde magnetiche che mettevano in comunicazione i nostri corpi rigidi sfiorati dal contatto metafisico. I nostri occhi attenti si incrociavano in un osservarsi felino che liberava inaspettati scambi di scintille e scosse elettriche, con lampi taglienti degni di un fortunale estivo. Non ci eravamo visti per anni e quell'incontro pareva liberare tutta l'energia accumulata e sepolta sotto quintali di macerie abbandonate. Il nostro periodo insieme aveva avuto lo stesso effetto di un terremoto devastante, lasciandoci del tutto massacrati, senza più ossa ne interiora.

Di colpo sentii un fruscio, come di un riconcorrersi di cavallette e poi il rumore secco di un massiccio sfogo gassoso simile e a quello delle valvole di un impianto a vapore. Tirai le orecchie ed ecco che, anticipato da un tuono assordante, scompariva immediato l'ostacolo ipnotico lasciando un odore intenso di mughetto e zolfo.

Apparve in tutta la sua bellezza. Esattamente come l'avevo conosciuta, con gli occhi verdi maliziosi e i capelli ramati, folti e luminosi. La sua carne era nascosta dai soliti abiti sportivi, un maglione verde sotto un giubbotto da uomo scamosciato e un paio di jeans blu che cadevano sui vecchi stivali cui era affezionata.

Non sapevo se scoppiare di felicità oppure se piangere a dirotto spurgandomi di tutte le acidificazioni. Per un po' fui sopraffatto dall'incapacità di elaborare anche solo un accenno di reazione, poi cominciò a diffondersi una specie di morbido compiacimento per quella situazione. Le mie membra, infatti, andavano, piano piano, addolcendosi. Ogni particella subì rapidamente un riscaldo tonificante simile all'effetto amplificato di una camomilla bollente ingurgitata in un baleno. Le vampe calorose si diffondevano a macchia d'olio coinvolgendosi una a una. Scalciavano e ribollivano fumose mentre i flussi di liquido plasmatico assorbivano direttamente le variazioni caloriche mescolando sali e proteine in un'agitazione turbolenta.

Dopo attimi di sbigottimento fu la quiete.

Riacquistando faticosamente il lume della ragione non ci volle che una frazione di secondo per lanciarmi nell'azione. Mi catapultai direttamente verso di lei lanciando le mie braccia avanti con gli occhi chiusi e il resto del corpo abbandonato. Pregustavo l'impatto meraviglioso.

Fu un tonfo secco. Un volo a terra, senza nessuna preparazione. Nelle mie braccia non rimaneva che la polvere mista a un disperso sapore di donna, dolce come la sua pelle.

Il buio cadde da sopra spezzandomi la schiena mentre il paesaggio fuggente si addormentava silenzioso, accarezzato dal puntuale vento di burrasca che spirava da Nord.

L'inventario - La tana del serpente

Quando uscii di casa era tarda sera e tutto attorno aveva assunto un'aria dimessa. La strada che portava fuori dal quartiere si divincolava agile tra le decine di condomini a tre piani raggruppati ai piedi dei due colli principali della città. Questi ultimi apparivano solo nelle loro sagome e così, senza profondità, erano dei cartoni neri tagliati da un grosso paio di forbici e appiccicati su di un lato del cielo scuro, senza stelle. Non era possibile cogliere che il loro profilo e gli alberi, di cui in realtà brulicavano, erano scomparsi inghiottiti dalla fine del giorno.

Mi guardai in giro. Conoscevo quel luogo a memoria. Le luci della farmacia erano già state spente; quelle del negozio di abiti da sera brillavano ancora per proporre la mondanità ai passanti. In quel momento s'accendeva l'insegna del bar e come sempre il rumore metallico tamburreggiante segnalava la chiusura delle barriere di protezione del supermercato principale.

Di lì a poco si sarebbe messa a suonare la sirena del turno di notte della fabbrica di carpenteria pesante che sorgeva altre la linea dell'alta tensione.

Una processione di uomini blu, allucinati, si sarebbe scaraventata nello stradone schizzando poi in maniera irregolare verso la libertà. Quasi contemporaneamente altri uomini colorati si sarebbero gettati, spavaldi, nelle braccia di quella costruzione fumosa, portandosi appresso il sapore delle loro donne e delle loro cose. Mio padre aveva lavorato là dentro per quasi vent'anni, assalito dal frastuono dei magli del reparto di forgiatura, invecchiato al sibilo delle fiamme delle macchine di taglio e all'urlo sordo delle presse idrauliche impazzite. Quando rincasava, inseguito dalla palla di fuoco che svaniva dietro le vecchie fornaci, aveva gli occhi scuri e la pelle gialla come l'olio delle pompe a iniezione dei muletti destinati al trasporto delle lamiere.

"Quando il cantiere ci si mette ti strappa anche il cuore". Lo ripeteva sempre schiacciando gli occhi e sollevando le labbra in una smorfia di dolore.

La sirena suonava proprio in quel momento; tre colpi lunghi, dieci secondi ciascuno e poi il vuoto.

Mi fermai ad ascoltarle girando la testa verso il suono e poi rilanciai me stesso verso la mia destinazione. Prima di imboccare il vicolo di porfido, perpendicolare al viale in cui mi trovavo, pensai di soffermarmi a osservare il condominio che mi stava di fronte.

Era uno dei più grandi della zona e si sviluppava per almeno sessanta metri in orizzontale al di là del marciapiede. L'ingresso al vano scale era delimitato da tre gradini larghi più di un metro, da un portone scuro con i vetri affumicati e l'aria giovane distante da quella di tutta la struttura. Alle due estremità dell'entrata centrale scorrevano, lunghi e stretti, due giardini recintati da una ringhiera di ferro verniciata di un marrone economico. All'interno degli stessi si diramavano alcuni metri di rami che si intrecciavano per dar vita ad una composizione arruffata, più simile ad un rovo che ad una pianta vera e propria. Diressi lo sguardo sulle pareti grigiastre illuminate in parte da alcuni lampioni posti a circa dieci passi l'uno dall'altro. Distribuivano un fascio luminoso a campana che spioveva fioco fin sull'asfalto. Allargando la visuale potevo coglierne quattro o cinque insieme che assomigliavano ad altrettante meduse, giallo polenta, appese ad un filo trasparente e separate, le une dalle altre, da un rettangolo scuro che, dal cielo, si infilava verso la base dell'ombrello rischiarante.

Sbattei le palpebre e cambiai l'inquadratura spostandomi seccamente verso il balconcino del piano terra alla sinistra del portone per poi risalire alla serie di finestre che lo sovrastavano. Le tapparelle di legno, verde bottiglia, erano tutte abbassate. Lasciavano però trasparire linee di luce finissime che sprizzavano tra le fessure dei listelli incernierati. Doveva esserci vita, comunione familiare.

Strizzai gli occhi per ricordarmi l'interno di quell'appartamento conosciuto. Mi apparvero istantaneamente prima la piccola cucina, il corridoio e il salotto circolare, poi la porta chiusa che dava nelle camere da letto. Svanirono subito nel nulla finendo rannicchiate in un angolo della mia scatola cranica.

Trasalii, non volevo malinconia e non avevo nessuna intenzione di ripescare sentimenti sepolti.

Rimasi immobile per qualche secondo con tutto il corpo attratto dalle lame abbaglianti poi, forzai con decisione per vincere la resistenza e voltai lentamente il viso verso il vicolo che mi aspettava sornione. Era buio e leggermente in discesa, scivoloso a causa del velo di condensa che si era depositato sul selciato irregolare. Lo percorsi quasi fino in fondo giocherellando con la punta delle scarpe e le fessure piene di sassolini che separavano i cubetti di porfido.

La larghezza del percorso superava di poco quella di un uomo a braccia aperte e, poiché vi erano piazzati in modo disordinato alcuni vasi di cemento nei quali spuntavano a malapena pochi rametti infreddoliti, risultava impossibile il passaggio per le automobili.

Man mano che si penetrava verso l'interno il rombo dei cavalli a vapore dei motori cromati che si lanciavano affamati verso il centro della città, si trasformava in un ronzio vagante che sfiorava i muri delle costruzioni di cemento rimbalzando in una carambola spigolosa e imprevedibile.

Guardai verso l'alto. I tetti dei due palazzi che fiancheggiavano la stradina cascavano dall'alto ritagliando uno squarcio di notte sopra tutte le cose. Annusai l'aria. Coglievo chiaramente l'odore dell'intonaco fresco dell'edificio alla mia destra che copriva nettamente quello solito di acqua piovana dovuto al ristagno degli scarichi delle gronde che finivano, inevitabilmente, tra le rughe del passaggio piastrellato facendo crescere addirittura l'erba.

Ripresi a guardare avanti a me con le narici impregnate di effluvio di tempera e cemento e nel tempo di un passo fui davanti all'entrata dell'INVENTARIO.

Il portone, di un verde lucertola, se ne stava allegramente socchiuso lasciando filtrare una fetta di luce calda che si disperdeva verso l'esterno disegnando una linea sottile d'avorio sul pianetto antistante l'ingresso.

Afferrai la maniglia di bronzo con uno scatto netto della mano che uscì rapida dalla tasca del giubbotto.

Il pomolo liscio era gelido ed il contatto con la mano calda sviluppò un alone di umidità che la ricoprì quasi totalmente per poi scomparire immediatamente al momento del rilascio.

Una doppia ondulazione del bacino, il successivo sbattere nodoso e mi ritrovai all'interno.

Il pianerottolo era sommerso da una coltre di fumo.

Mi investì improvvisa, mi avvolse in un abbraccio aspro che penetrò sotto i vestiti e scese fino in gola raspando lungo la trachea. Furono necessari quasi venti secondi per reagire all'attacco malsano dei fumi di combustione del tabacco e altrettanti ne servirono per adattare il sistema di respirazione alle condizioni di inquinamento atmosferico paragonabili a quelle causate da un' incendio. Gli occhi mi straripavano di lacrime pungenti che colavano sul viso per poi disperdersi nella barba incolta.

Avanzai di circa un metro e mi ritrovai sull'orlo del primo gradino della rampa di finto legno ignifugo che portava di sotto, nella TANA DEL SERPENTE.

La nebbia era fitta, solida, non più sbuffante come sul pianerottolo e avanzando verso il basso si sommavano diverse esalazioni che originavano una specie di stratificazione qualitativa del fumo. Più in alto i fumi più leggeri, quelli che provocavano le sigarette dei giovani, più sotto invece miscele più pesanti, dure, come erano coloro che si riempivano i polmoni di tutti quegli scarichi velenosi.

Quando appoggiai il piede sull'ultimo gradino fui costretto a scartare velocemente sulla mia sinistra per evitare di andare a sbattere violentemente contro due giovani che correvano, come pazzi, su per le scale nell'intento di sfrecciare fuori. Sbraitavano come cornacchie e sbattevano gli anfibi neri per calpestare la loro lingua molle penzolante. Rimasi in equilibrio con facilità, appoggiandomi con il gomito alla parete. Solo più tardi mi sarei accorto che stavo girovagando in lungo e in largo con un'evidente macchia di gesso bianco su gran parte della manica sinistra del pastrano.

Mi rimisi in posizione eretta restando, per un po', con la testa girata all'indietro a osservare il varco senza fumo lasciato da quei due in mezzo alla massa nebbiosa.

Quando la galleria respirabile cominciò a riempirsi nuovamente di gas tossico mi voltai scendendo contemporaneamente fino al piano del pavimento. Dappertutto per terra c'erano cumuli di bucce di pistacchio e di noccioline americane, tant'è che nell'avanzare fui costretto a sollevare i piedi più del normale. Producevo un rumore muto. La musica che rimbombava nel locale, infatti, era assordante e si proponeva ripetitiva martellando incurantemente i miei timpani che ormai avevano superato la soglia di resistenza e si stavano riversando all'esterno nel tentativo di tapparsi le orecchie.

Uno dei miei cinque sensi se ne era già andato irrimediabilmente e degli altri rimaneva a pieno regime solo il tatto. Erano stati colti di sorpresa dall'ambiente fuori dell'ordinario finendo per esserne sopraffatti. Le narici e la bocca si erano impastate; trattenevano una sorta di pastrocchio amaro che legava la lingua con la saliva ed il muco con le pareti interne del naso. Si erano chiuse tutte le mie vie di comunicazione mentre, con tutta la disinvoltura di cui ero capace, mi indirizzai verso quello che, nella cortina nebulosa, sembrava essere il bancone di un bar.

In breve fui seduto con le gambe divaricate su di uno sgabello girevole di pelle nera. Appoggiai i piedi sull'apposito anello cromato piazzato in fondo al tubo centrale che conteneva la vite rotante. Le scarpe si erano notevolmente appesantite. Dovevano essere tutte quelle bucce che con l'umidità si erano appiccicate sotto la suola. La passai più volte sull'anello per sbarazzarmene, poi appoggiai le braccia sul piano del bancone. Non fui del tutto attento, infatti, finii per infilare il giubbotto proprio dentro una macchia bluastra costituita da un liquido melmoso, non ben identificato. Consumai almeno cinque tovagliolini per liberarmene e poiché non vedevo né cestini né portacenere fui costretto a buttare tutto per terra insieme all'altro lerciume vario. Non feci nemmeno in tempo a gettare l'ultimo pezzo di carta imbrattato che mi ritrovai di fronte il cibernauta di turno che mi fissava interrogativo. Doveva essere un po' stanco. Forse era annoiato per la serata moscia. Le fessure predisposte per la percezione delle immagini erano strettissime, quasi chiuse e in fondo allo spiraglio nero un puntino cristallino brillava, con fare ipnotico, a intermittenza. Tutta la testa, nel suo insieme simile a una zucchina sintetica costituita da materiali rivoluzionari che luccicavano come metallo pregiato, se ne stava ripiegata su di un lato. Appoggiava docilmente sul resto del corpo. Quest'ultimo era nascosto da una tuta grigia di cotone forte, con inserti arancione fosforescente, completamente disseminata di macchie d'olio artificiali e strisciate di grasso per cuscinetti riprodotte in laboratorio.

L'odore che emanava era gradevole, di lavanda. Si era sparso dappertutto seppellendo quello precedente di muffa. Nel mio encefalo, zeppo di essenza floreale, si stava insinuando il dubbio. Se fosse una femmina? Una rappresentante del gentil sesso cibernetico? Perché mi fissava con quel pulsare dolce? Perché si avvicinava lentamente con fare sinuoso e ammiccante? Cominciai a preoccuparmi. Non avevo ancora bevuto, nemmeno avevo ordinato e già mi stava addosso, senza dire una parola. Pensai bene di filarmela. Sfoderai un sorriso di quelli da grande cerimonia, scesi con disinvoltura dallo sgabello e con fare deciso mi girai di scatto per compiere il primo passo in direzione opposta a quella dell'animale tecnologico. Non ne ebbi il tempo. Due pinze di fibra di carbonio mi afferrarono decise per le spalle, senza fare rumore. Stringevano, con decisione, ma delicatamente. Con la coda dell'occhio potei notare le punte, truccate, con uno smalto color rosa carne. Provai a forzare per liberarmi, ma quella piccola stretta superava, di gran lunga, la mia opposizione, lasciando intendere quanto fosse voluta la mia permanenza lì, ad un passo dalla storia. Smisi per un attimo di respirare, bloccando contemporaneamente i miei pensieri, nella speranza di riuscire a estraniarmi da quella situazione ambigua.

Non sapevo se fosse superiore l'imbarazzo per quella dichiarazione extraterrestre o invece la preoccupazione che quell'ammasso di circuiti perfezionati potesse esprimersi con tutta la forza di cui poteva disporre. Chissà che non passasse, svolazzando, un'illuminazione improvvisa, di quelle da prendere al volo. L'avrei acchiappata anche per la coda se solo ci fosse stata, invece niente.

Rimisi in moto tutto quanto, muscoli e nervi compresi e in quell'istante aumentò anche la stretta fibrosa. Come se non bastasse il Cybernauta cominciò a emettere dei suoni elettronici preoccupanti che superavano addirittura la musica. Un insieme di incomprensibili bip prolungati quasi lamentevoli, a volte mielosi a volte spazientiti, i quali si disperdevano poi insieme alle note che correvano acidule lungo il soffitto attraverso le pareti. I Fa Diesis e i Si Bemolle infatti impazzivano saltellando al tempo delle percussioni alienate, rotolandosi come pagliacci per tutto il locale. Alcuni pallini neri, appesi al rigo musicale, scimmiottavano incuranti passaggi musicali di altri tempi, ma solo per pochi istanti, rigettandosi subito dopo all'inseguimento di una moderna disarmonia che faceva vibrare tutte le cose. Un vero e proprio parapiglia di imitazioni sonore si scatenavano ammassandosi le une sulle altre. Disobbedivano a qualsiasi canone, rifiutavano ogni arbitro. Si riunivano all'improvviso in schiere ordinate che marciavano come un esercito armato calpestando il passato in un rimbombo assordante. Venivano verso me. Le vedevo avanzare decise, a milioni, battevano il passo isterico, rullavano sulla batteria elettronica con ripetizione viziosa. Ancora qualche passo e mi sarebbero state addosso.

Chiusi gli occhi per un momento riaprendoli un attimo dopo. L'esercito si era alzato in volo e ora schierava gruppi di note in formazione che ronzavano sulla mia testa come uno stormo di caccia da combattimento, pronti a sganciare tonnellate di esplosivo. Lo fecero senza alcun ripensamento.

Alzai gli occhi al soffitto. Distinguevo solo dei piccoli punti neri in alto che si ingrandivano gradualmente man mano che si avvicinavano, sibilando, alla meta.

Mi penetrarono nella testa come nel burro perforandomi il cervello con tutti i loro decibel. Le tempie mi pulsavano ed io le sentivo battere furiosamente, dentro me, senza che riuscissi a controllarle. Acceleravano a più non posso e il cranio mi stava per scoppiare. Se fosse successo veramente mi sarei ritrovato sparso per tutto l'ambiente in migliaia di schegge ossee impazzite.

A un tratto fu il silenzio totale. Forse non suonavano più oppure s'era rotto qualcosa nel mio sistema uditivo.

Bip, doppio Bip, triplo Bip. Li udii chiaramente; i lamenti del cybernauta innamorato.

“Vorrei tanto non essere sceso qua sotto” dissi a voce alta.

“BIIIP” fu la risposta.

“Vorrei che potessero innamorarsi di me tutte le ragazze del mondo” aggiunsi.

Non ci fu nemmeno un battito di ciglia.

“Desidererei amare tutte le donne della terra” insistetti.

Niente, nemmeno un accenno a una qualsiasi risonanza elettronica.

“Mi piacerebbe essere un uomo libero.”

Click-Clack. Le pinze di fibra di carbonio si erano aperte. Liberarono le mie spalle e il contatto diretto con il futuro si dileguò in un istante. Mi voltai quasi subito, ma non abbastanza rapidamente per vederla una volta ancora.

Il mostro tecnologico era svanito nella nebbia, assorbito dai vapori. Filato via per sempre, ripiegato sui suoi delicati circuiti. Scomparso insieme ai micro chips e ai sistemi computerizzati.

Indice

Biobibliografia

Giacomo Gamba, creativo, alterna le attività di attore, drammaturgo, scrittore, regista teatrale.

Ha scritto e pubblicato una raccolta di racconti (*Red Flyer*, edito da Libroitaliano) e opere di narrativa (*Spirito di nuvola, L'uomo in tasca*, editi da Firenze Libri e poi *La donna del bar, Cortles*) e le fiabe moderne *La linfa di Evelyn, Momo e il Cactus, Jacques l'equilibrista, A pancia in su*, nella raccolta *Incontrare una creatura amica*, a cura di Starrylink Editrice con cui ha inoltre pubblicato la sua prima Opera Omnia *Teatro*.

Dal 2010 dirige il suo *Centro di Creazione Teatrale Permanente*. E' stato creatore e direttore artistico di *Fabbrica del Vento*, officina laboratorio per produzioni teatrali, co-direttore artistico di *Esplora, Festival Internazionale di Teatro Contemporaneo* giunto alla quarta edizione, co-direttore artistico della *Cooperativa Teatro Laboratorio* fino al 2007. Co-fondatore della casa Editrice Starrylink per cui si è impegnato attivamente dal 2000 fino a inizio 2011. I suoi spettacoli sono stati rappresentati in numerosi Festival Internazionali (Argentina, Ecuador, Egitto, Armenia, Canada, Austria, Germania, Paesi Baschi, Bosnia Erzegovina, Stai Uniti, ecc.), durante i quali ha svolto workshop teatrali sul suo metodo di lavoro.

Si è formato alla "Scuola di Teatro e Arte del movimento" di Brigitte Morel (Professeur agrégé de la Fédération Française de Dance) e Fabio Maccarinelli. Dal 1993 al 1996 è stato attore nella compagnia italo-francese "*Scarabeblù*", che ha portato in scena tra gli altri spettacoli Buzzati Bleus. È stato tra i fondatori di "*Masnada Gruppo Teatro*" con cui ha vinto nel 1998 il "Premio Scena Prima" per lo spettacolo *¿Que culpa Tiene el Tomate?* In esso ha interpretato la parte dell'ambiguo *Rils*, personaggio uscito dalla sua penna creativa, in *Pampas* ha invece dato corpo e voce al sadico personaggio di *George*. Ha scritto *La Signora dei datteri*, diretto lo spettacolo *Passione*, creato i dialoghi dello spettacolo *Scians* e ideato la riduzione della tragedia Manzoniana *Il Conte di Carmagnola*, rappresentata in occasione delle rievocazioni della battaglia di Maclodio. Per

"*Fabbrica del Vento*" ha scritto e diretto gli spettacoli *Sgòrby-park* (Primo Premio al concorso teatrale "Le Voci dell'Anima", Rimini 2004; Primo Premio al "Concorso teatrale internaziona-le X TeatarFest", Sarajevo 2007), *Venteux* (Primo Premio al Concorso teatrale "Il Teatro che verrà", Spigno Saturnia 2006), *Mono Loco* (co-produzione "Masnada Teatro"), *Oxus Gennan*. Nel 2003 è stato attore nello spettacolo *Polyester* a Vienna per il "*Birte Brudermann Theatre*". Nel 2005 ha scritto e diretto lo spettacolo *Loving M* per la compagnia di danza "*Areazione*". Per lo Stabile di Brescia, "*CTB Centro Teatrale Bresciano*", ha scritto e diretto lo spettacolo *Extracom*. Per Cooperativa Teatro Laboratorio ha diretto lo spettacolo *Momo e il Cactus* tratto dall'omonimo racconto. Per la Compagnia *Teatro di sconfine* ha diretto i suoi spettacoli *Gigaflop e Ohminidi*. Attualmente è attore nello spettacolo *Sgòrbypark* rappresentato anche in lingua inglese. Nel 2012 *Petrol,* la sua ultima creazione vince il Primo Premio al 16° Festival Internazionale di Valleyfield, Montreal - Québec - Canada. Nel 2013 i suoi spettacoli *Oxus Gennan* e *Sgòrbypark* sono stati rappresentati al Little Theatre of Norfolk al Guest Artist Series 2013, Virginia Usa.

Da anni conduce laboratori teatrali nelle scuole di teatro e di danza, approfondendo l'arte del movimento applicata alle diverse forme di spettacolo. È stato insegnante presso la Scuola di danza Olimpia di San Zeno, Brescia, presso la scuola di Danza Art Dance Fusion di Brescia e presso la scuola di Teatro e Danza Ritmosfera di Porto Potenza Picena, Marche. È docente, per l'opzione teatro, dal 2002 presso l'Istituto Superiore Cossali di Orzinuovi - Brescia e dal 2008 presso H.Vox Accademia della Voce di Brescia. Dal 2008 svolge attività di Laboratorio teatrale con i ragazzi della Comunità Mondo X di Rodengo Saiano.

Centro Creazione Teatrale
www.giacomogamba.it
Finito di stampare nel mese di settembre 2015
Printed By CreateSpace

www.ingramcontent.com/pod-product-compliance
Lightning Source LLC
LaVergne TN
LVHW041438170726
843492LV00008B/2675